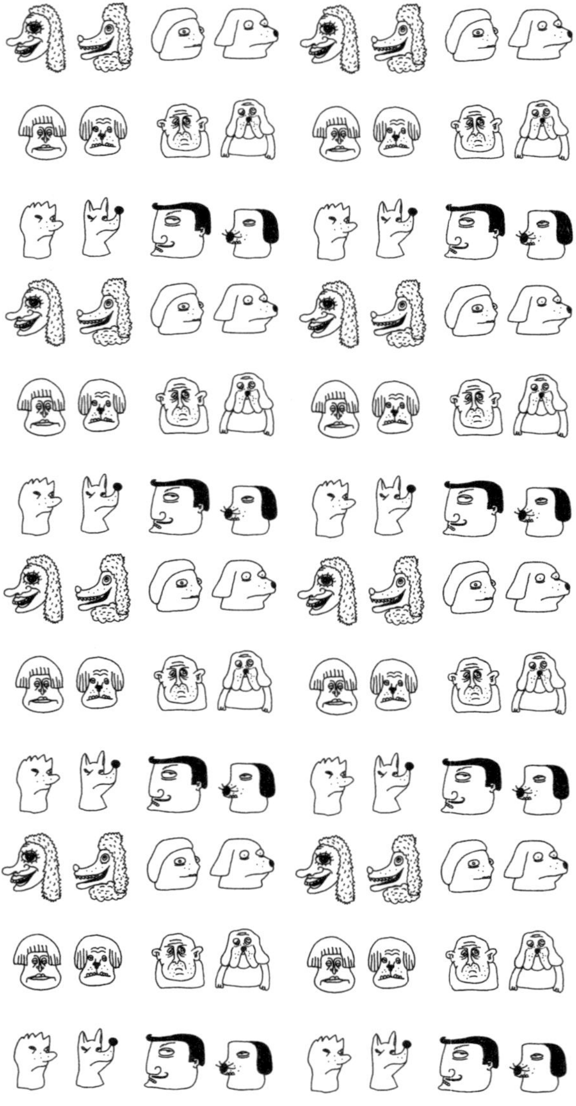

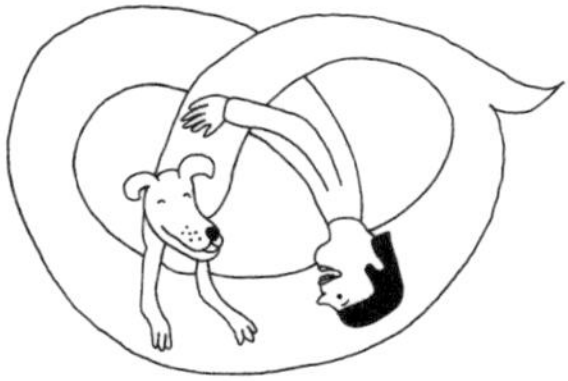

Der Hund ist ein Zweidrittelmensch

Hunde in Brehms Tierleben

Auswahl und Illustrationen von
Juliane Pieper

Philipp Reclam jun. Stuttgart

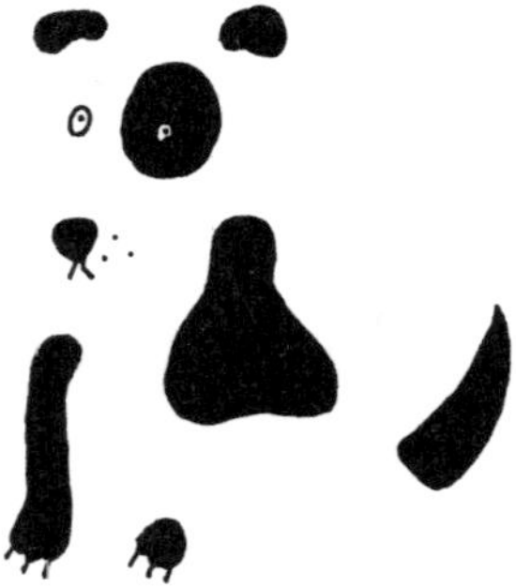

Umschlaggestaltung: Juliane Pieper, Finken & Bumiller, Stuttgart
Satz und Druck: Reclam, Ditzingen
Buchbinderische Verarbeitung: Kösel, Krugzell
Printed in Germany 2011
RECLAM ist eine eingetragene Marke
der Philipp Reclam jun. GmbH & Co. KG, Stuttgart
Die Veröffentlichung dieses Werkes erfolgt auf Vermittlung von BookaBook,
der Literarischen Agentur Elmar Klupsch, Stuttgart
ISBN 978-3-15-010742-3

www.reclam.de

»Über das geistige Wesen der Hunde lassen sich Bücher schreiben.«

1

Lob des Hundes

»Durch den Verstand des Hundes besteht die Welt.« So steht es im Vendidad, dem ältesten und echtesten Teile des Zend-Avesta, eines der ältesten Bücher der Menschheit.

Der wilde, rohe, ungesittete Mensch ist undenkbar ohne den Hund, der gebildete, gesittete Bewohner des angebautesten Teiles der Erde kaum minder. Mensch und Hund ergänzen sich hundert- und tausendfach; Mensch und der Hund sind die treuesten aller Genossen. Kein einziges Tier der ganzen Erde ist der vollsten und ungeteiltesten Achtung, der Freundschaft und Liebe des Menschen würdiger als der Hund. Er ist ein Teil des Menschen selbst, zu dessen Gedeihen, zu dessen Wohlfahrt unentbehrlich.

»Der Hund«, sagt Friedrich Cuvier, »ist die merkwürdigste, vollendetste und nützlichste Eroberung, welche der Mensch jemals gemacht hat. Die ganze Art ist unser Eigentum geworden; jedes Einzelwesen derselben gehört dem Menschen, seinem Herrn, gänzlich an, richtet sich nach seinen Gebräuchen, kennt und verteidigt dessen Eigentum und bleibt ihm ergeben bis zum Tode. Und alles dieses entspringt weder aus Not noch aus Furcht, sondern aus reiner Liebe und Anhänglichkeit. [...] Der Hund ist das einzige Tier, welches dem Menschen über den ganzen Erdboden gefolgt ist.«

Über sein geistiges Wesen können die Stimmen nicht geteilt sein.

2

Aussehen

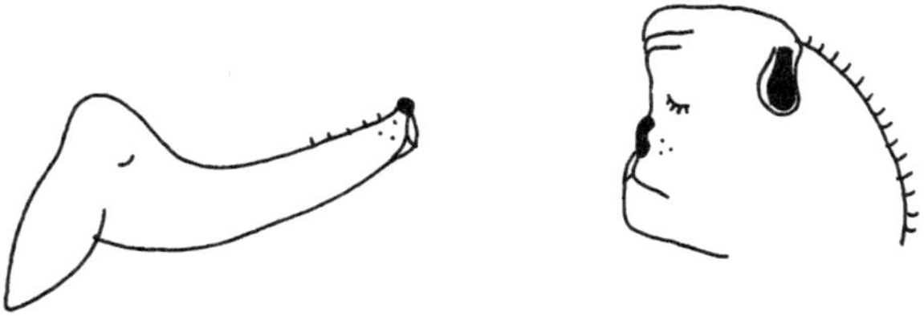

Ebenso willkürlich wie die Aufstellung verschiedener Menschenarten würde es bleiben, mehrere Hundearten unterscheiden zu wollen.

Dass in dem Sinne, wie beim Pferde und bei der Ziege, von einer Stammart des Hundes nicht die Rede sein kann, wird aus allem wohl klar. Nach folgerichtigem Schlusse ist kein Tier im wilden Zustande wahrscheinlich, welches gezähmt eine solche Mannigfaltigkeit der Formen hervorbringen könnte.

So wäre denn der Haushund nichts anderes als ein Kunsterzeugnis des Menschen.

Erwiesen ist diese Annahme freilich nicht; der Schädel insbesondere gibt uns keinen Anhalt dafür. Abgesehen von der Größe stimmen alle Schädel der verschiedenen Hunderassen in den wesentlichen Verhältnissen untereinander überein, so dass man, laut mündlichen Mitteilungen Hensels, strenggenommen nur den verkürzten, um nicht zu sagen missgebildeten Schädel der Bulldogge von dem des Windhundes mit Bestimmtheit unterscheiden kann.

3

Hundetreue

Neben ganz unbrauchbaren Hunden aber finden sich solche von hervorragenden Eigenschaften, welche dann einen besonderen Wert erhalten. In den Wäldern, wo der Mensch von selbst zur Jagd gedrängt wird und ihr oft den Lebensunterhalt verdankt, hat man nur Hunde mit ihrem Geruche und leichten Körperbau besonders ausgesucht und gezüchtet und dadurch oft vorzügliche Ergebnisse erreicht. Manche Hunde verbellen gern das Wild auf den Bäumen, andere jagen lieber die Bisamschweine und den Tapir.

Wunderbar ist die Verschiedenheit in den geistigen Anlagen des Hundes, vielleicht umso größer, je weniger deutlich seine Rasse ist. Unter meinen Hunden waren die beiden größten und stärksten, obgleich an körperlichen Eigenschaften einander vollkommen gleich, doch an geistigen unendlich verschieden. Der eine feig gegen andere Hunde oder im Kampfe mit reißenden Tieren, aber im höchsten Grade schlau, vorsichtig und berechnend, immer nur auf seinen Vorteil bedacht, ein vollendeter Egoist, der andere tapfer, mutig bis zur Tollkühnheit, dabei treu und bieder, seinem Herrn mit Liebe zugetan, ein wahrer Held ohne Furcht und Tadel. Ich könnte unzählige Züge von der Schlauheit des einen und der Tapferkeit des anderen erzählen.

4

Wie Hund und Katz!

Leiblich stehen die Hunde ziemlich weit hinter den Katzen zurück, geistig übertreffen sie ihre Ordnungsverwandten entschieden.

Sie stehen an Wildheit, Mordlust und Blutgier unbedingt hinter den Katzen zurück, bekunden vielmehr alle eine mehr oder minder ausgesprochene Gutmütigkeit. Das Hundegesicht spricht uns in der Regel freundlich an und lässt niemals das trotzige Selbstvertrauen und die Wildheit, welche sich im Katzengesichte ausdrücken, besonders bemerklich werden.

Hinsichtlich der Beweglichkeit geben die Hunde den Katzen wenig nach. Ihre stumpfen Krallen erlauben ihnen nicht, zu klettern, und sie sind deshalb auf den Boden gebannt; auch verstehen sie nicht, so hohe und weite Sprünge auszuführen wie die Katzen: im übrigen aber übertreffen sie diese eher, als sie ihnen nachstehen.

… [und] man kann wohl behaupten, dass alle Hunde ohne Ausnahme gesellige Tiere sind.

5

Hundesitten

Trinkt leckend; wässert seitlich, in guter Gesellschaft oft hundertmal, Nase feucht, wittert vorzüglich; geht auf den Zehen; schwitzt sehr wenig, bei nahem Gewitter unwohl und übelriechend.

Die Hündin ist grausam gegen eifersüchtige Freier; in der Laufzeit treibt sie es mit vielen; sie beißt dieselben; in der Begattung innig verbunden; trägt neun Wochen, wölft vier bis acht, die Männchen dem Vater, die Weibchen der Mutter ähnlich.

Mit Lecken heilt er Wunden, Gicht und Krebs.

Heult zur Musik.

6

Nahrung

Sie fressen alles, was der Mensch isst, tierische Nahrung ebenso wohl wie pflanzliche, und beide im rohen Zustande nicht minder gern als zubereitet. Vor allem aber lieben sie Fleisch, und zwar etwas fauliges mehr noch als das frische. Wenn sie es haben können, verzehren sie Aas mit wahrer Leidenschaft, und selbst die wohlerzogensten und bestgehaltenen Hunde verschlingen gierig die Auswurfsstoffe des menschlichen Leibes.

Einzelne Arten ziehen Fleisch aller übrigen Nahrung vor, andere achten es weniger hoch. Von gekochten Speisen sind ihnen mehlige, besonders süße, die willkommensten, und auch wenn sie Früchte fressen, ziehen sie zuckerhaltige den säuerlichen vor. Knochen, gute Fleischbrühe, Brot, Gemüse und Milch sind die eigensten Nahrungsstoffe eines Hundes, Fett und zu viel Salz dagegen ihm schädlich.

Auch mit Brot allein kann man ihn füttern und gesund erhalten, wenn man ihm nur immer seine Nahrung zu bestimmten Zeiten reicht. Keine Speise darf ihm heiß gegeben werden; sie muss immer lau sein und ihm nur aus Geschirren gereicht werden, welche man beständig rein hält. Wenn ein alter Hund sich täglich einmal recht satt fressen kann, hat er vollkommen genug Nahrung erhalten; besser jedoch ist es, wenn man ihn zweimal füttert: gibt man ihm abends so viel, dass er genügend gesättigt ist, so hütet er eifriger und sicherer den ihm anvertrauten Posten als ein hungriger, welcher leicht bestochen werden kann. Wasser trinken die Hunde viel und oft, und zwar es mit der Zunge schöpfend, indem sie dieselbe löffelförmig krümmen und die Spitze etwas nach vorn biegen.

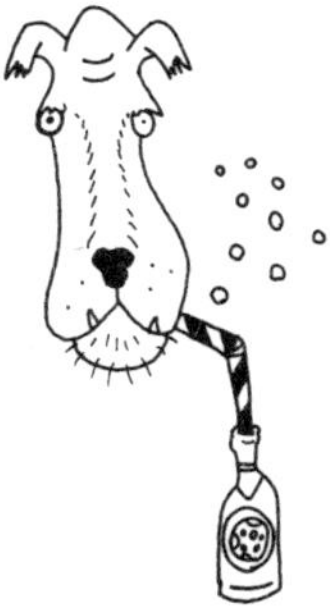

7

Die Sinne des Hundes

Der Hund kann vortrefflich laufen und schwimmen, ja auch bis zu einem gewissen Grade klettern, aber nicht leicht, ohne Schwindel zu bekommen, an steilen Abgründen hingehen. Sein Gang geschieht in einer eigentümlichen schiefen Richtung. Bei eiligem Laufe ist er imstande, große Sprünge zu machen, nicht aber auch fähig, jähe Wendungen, Kreuz- und Querbewegungen auszuführen. Das Schwimmen verstehen alle Hunde von Hause aus, einige Arten jedoch weit besser als andere. Einige lieben das Wasser außerordentlich; verwöhnte Hunde scheuen es in hohem Grade.

Das Scharren macht ihm Vergnügen; er kratzt oft mit Vorder- oder Hinterbeinen gleichsam zu seiner Unterhaltung.

Die Sinne des Hundes sind scharf, aber bei den verschiedenen Arten nicht gleichmäßig ausgebildet. Geruch, Gehör und Gesicht scheinen obenan zu stehen, und zwar zeichnen sich die einen durch feineres Gehör, die anderen durch besseren Geruch vor den übrigen aus. Auch der Geschmack ist ihnen nicht abzusprechen, obwohl derselbe in eigentümlicher Weise sich äußert. Alle Reizungen, welche ihre Sinneswerkzeuge zu sehr anregen, sind ihnen verhasst. Am wenigsten empfänglich zeigen sie sich gegen das Licht, sehr empfindlich aber gegen laute und gellende Töne oder scharfe Gerüche. Glockengeläute und Musik bewegt sie zum Heulen; kölnisches Wasser, Salmiakgeist, Äther und dergleichen ruft wahres Entsetzen bei ihnen hervor, wenn man solche Dinge ihnen unter die Nase hält.

8

Das geistige Wesen des Hundes

Über das geistige Wesen der Hunde lassen sich Bücher schreiben; es dürfte also sehr schwer sein, dasselbe mit kurzen Worten zu schildern. Die mir am meisten zusagende Beschreibung der Hundeseele hat Scheitlin gegeben. »So groß die leibliche Verschiedenheit der Hunde ist«, sagt er, »die geistige ist noch viel größer; denn die einen Hundearten sind völlig ungelehrig, die anderen lernen alles mögliche augenblicklich. Die einen kann man nicht, die anderen schnell ganz zähmen, und was die einen hassen, das lieben andere.«

Der Pudel geht von selbst ins Wasser, der Spitz will immer zu Hause bleiben. Die Dogge lässt sich auf den Mann, der Pudel nicht hierzu abrichten. Nur der Jagdhund hat eine solche feine Spürnase; nur der Bärenhund beißt den Bären zwischen die Hinterbeine; nur der lange Dachshund, dem in der Mitte ein paar Beine zu mangeln scheinen, ist so niedrig gebaut und so krummbeinig, um in Dachslöcher hineinkriechen zu können, und tut dies mit derselben Wollust, mit welcher der Fleischerhund in Bogen läuft und hinter den Kälbern und Rindern herhetzt.

Der Hund von Neufundland ist es, welcher den Wolf nicht fürchtet, daher vortrefflich zur Herdenbewachung dient und meisterhaft gräbt, schwimmt, taucht und Menschen herausholt.

Auch der Fleischerhund misst sich mit dem Wolfe, ist ein guter Herdenwächter, jagt auf wilde Schweine und jedes andere große Tier, ist verständig und dem Herrn treu zugetan, geht aber nicht ins Wasser, wenn er nicht muss. Man benutzt und missbraucht ihn zur Hetze, wodurch er ganz nach psychologischer Ordnung immer schärfer und besonders gegen Kälber, welche, weil sie nicht ausschlagen, von ihm nicht gefürchtet werden, eine wahre Bestie wird. Sein Blutdurst ist äußerst widrig, und seine Wut, zu beißen, Blut zu trinken, Tierüberreste herumzuzerren und zu fressen, gehört zu seinen schlechtesten Eigenschaften.

Dem Windhunde wird beinahe aller Verstand, Erziehungsfähigkeit und Treue an seinem Herrn ab-, dafür kindische Neigung, von Unbekannten sich schmeicheln zu lassen, zugesprochen; doch kann man ihn zur Jagd auf Hasen usw. abrichten.

Die Wachtelhunde deuten mit ihrem Namen auf das, wozu sie von Natur taugen. Denn der Hund und jedes andere Tier muss durch irgendetwas von sich aus kundtun, wozu es Lust hat, ehe man es abrichten will.

Zum bloßen Vergnügen, sich im Arme sanft tragen zu lassen, mit der Dame auf dem Sofa zu schlafen, am warmen Busen zu liegen, Ungünstlinge anzuknur-

ren, in der Stube zu bleiben, mit der Dame aus einem Glase zu trinken, von einem Teller zu speisen und sich küssen zu lassen, dazu wird das Bologneser- und Löwenhündchen gehalten.

Am Jagdhunde wird ein scharfer Geruch und viel Verstand und die größte Gelehrigkeit nebst treuer Anhänglichkeit an seinen Herrn gelobt.

Ebenso verständig und ein guter Wächter ist der Haus- oder der Hirtenhund.

Der Spitz oder Pommer soll klüger, gelehriger, lebhafter und geschickter Art sein und gern beißen, als Haushund wachsam und in einzelnen Abarten tückisch und falsch sein.

Dem Menschen ergeben, aber ohne seinen Herrn zu kennen, Schläge nicht fürchtend, unersättlich und doch mit Geschicklichkeit lange zu hungern fähig, gehört zur Kennzeichnung des Nordhundes.

Der Doggen Art ist Treue bei wenig Verstand; sie sind gute Wächter, wilde, mutige Gegner auf wilde Schweine, Löwen, Tiger und Panther; sie achten auch ihr eigenes Leben fast für nichts, merken auf jeden Wink des Auges und der Hand, wie viel mehr auf das Wort ihres Herrn, lassen auf den Mann sich abrichten, nehmen es mit drei, vier Mann auf, berücksichtigen Schüsse, Stiche und zerrissene Glieder nicht und balgen sich mit ihresgleichen greulich herum. Sie sind sehr stark, reißen den stärksten Menschen zu Boden, erdrosseln ihn, bannen ihn, auf ihm herumspringend, auf eine Stelle, bis er erlöst wird, und halten rasende Wildschweine am Ohre unbeweglich fest. Leitsam sind sie im höchsten Grade. Sie haben ein wenig mehr Verstand, als man meint.

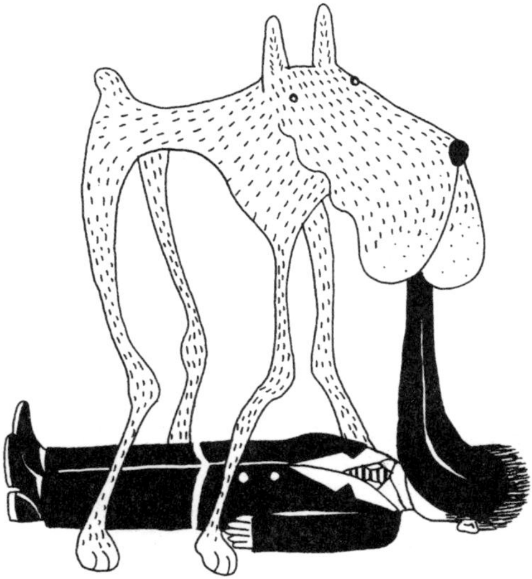

Am tiefsten unter den Hunden steht unleugbar der Mops. Er ist durch geistige Versinkung entstanden und kann sich begreiflich durch sich selbst nicht heben. Er erfasst den Menschen nicht und der Mensch ihn nicht.

Der Hundeleib ist für die Zeichnung und Ausstopfung schon zu geistig.

Seine Seele ist unleugbar so vollkommen, wie die eines Säugetieres sein kann. Von keinem Tiere können wir so oft sagen, dass ihm vom Menschen nichts mehr als die Sprache mangelt, von keinem Säugetiere haben wir so viele Darstellungen aller Abänderungen, von keinem so eine außerordentliche Menge von Erzählungen, welche uns seinen Verstand, sein Gedächtnis, seine Erinnerungskraft, sein Schließungsvermögen, seine Einbildungskraft oder sogar sittliche Eigenschaften, als da sind: Treue, Anhänglichkeit, Dankbarkeit, Wachsamkeit, Liebe zum Herrn, Geduld im Umgange mit Menschenkindern, Wut und Todeshass gegen die Feinde seines Herrn usw., kundtun sollen, weswegen kein Tier so oft als er dem Menschen als Muster vorgestellt wird.

Wie viel wird uns von seiner Fähigkeit zu lernen erzählt! Er tanzt, er trommelt, er geht auf dem Seile, er steht Wache, er erstürmt und verteidigt Festungen, er schießt Pistolen los; er dreht den Bratspieß, zieht den Wagen; er kennt die Noten, die Zahlen, Karten, Buchstaben; er holt dem Menschen die Mütze vom Kopfe, bringt Pantoffeln und versucht Stiefel und Schuhe wie ein Knecht auszuziehen; er versteht die Augen- und Mienensprache und noch gar vieles andere.

Gerade seine Verderbtheit, gerade seine List, sein Neid, Zorn, Hass, Geiz, seine Falschheit, Zanksucht, Geschicklichkeit, sein Leichtsinn, seine Neigung zum Stehlen, seine Fähigkeit, aller Welt freundlich zu sein, usw. bringen ihm den gewöhnlichen Menschen nahe. Würmer, Käfer und Fische lobt und tadelt man nicht, aber den Hund! Man denkt, es lohne sich der Mühe, ihn zu strafen und zu belohnen. Man gebraucht in Urteilen über ihn gerade die Ausdrücke, welche man von dem Menschen braucht.

Man macht ihn wegen seiner geistigen und sittlichen Vorzüge zum Reise- und Hausgenossen, zum Lebensgefährten und lieben Freunde; man lohnt ihm seine Liebe und Anhänglichkeit durch Anhänglichkeit und Liebe; man macht ihn zum Tischgenossen, man räumt ihm wohl gar eine Stelle im Bette ein; man kost ihn, pflegt ihn sorgfältig, gibt ihn an den Arzt, wenn er leidend ist, trauert mit ihm, um ihn und weint, wenn er gestorben; man setzt ihm ein Denkmal.

Nicht ein einziger Hund ist dem anderen weder körperlich noch geistig gleich. Jeder hat eigene Arten und Unarten. Oft sind sie die ärgsten Gegensätze, so dass die Hundebesitzer an ihren Hunden einen unersetzlichen Stoff zu gesellschaftlichen Gesprächen haben. Jeder hat einen noch gescheiteren!

9

Hundearten

Und welche Verschiedenheit einer und derselben Hundeart! Jeder Pudel z. B. hat Eigenheiten, Sonderbarkeiten, Unerklärbarkeiten; er ist schon viel ohne Anleitung. Er lehrt sich selbst, ahmt den Menschen nach, drängt sich zum Lernen, liebt das Spiel, hat Launen, setzt sich etwas in den Kopf, will nichts lernen, tut dumm, empfindet Langeweile, will tätig sein, ist neugierig usw. Einige können nicht hassen, andere nicht lieben; einige können verzeihen, andere nie. Sie können einander in Gefahren und zu Verrichtungen beistehen, zu Hülfe eilen, Mitleid fühlen, lachen und weinen oder Tränen vergießen, zur Freude jauchzen, aus Liebe zum verlorenen Herrn trauern, verhungern, alle Wunden für ihn verachten, den Menschen ihresgleichen weit vorziehen und alle Begierden vor den Augen ihres Herrn in dem Zügel halten oder schweigen.

Der Pudel kann sich schämen, kennt Raum und Zeit vortrefflich, kennt die Stimme, den Ton der Glocke, den Schritt seines Herrn, die Art, wie er klingelt, kurz er ist ein halber, ein Zweidrittelmensch.

Er benutzt ja seinen Körper so gescheit wie der Mensch den seinigen und wendet seinen Verstand für seine Zwecke vollkommen an; doch mangelt ihm das letzte Drittteil.

Wir müssen wesentlich verschiedene Geister, welche nicht ineinander verwandelt werden können, unter den Hunden annehmen. Der Geist des Spitzes ist nicht der des Pudels; der Mops denkt und will anders als der Dachshund. Der Mops ist dumm, langsam, phlegmatisch, der Metzgerhund melancholisch, bittergallig, blutdurstig, der Spitz heftig, jähzornig, engherzig, bis in den Tod gehässig, der Pudel immer lustig, immer munter, alle Zeit durch der angenehmste Gesellschafter, aller Welt Freund, treu und untreu, dem Genusse ergeben, wie ein Kind nachahmend, zu Scherz und Possen stets aufgelegt, der Welt und allen ohne Ausnahme angehörig, während der Spitz nur seinem Hause, der Metzgerhund nur dem Tiere, der Dachshund nur der Erdhöhle, der Windhund nur dem Laufe, die Dogge nur dem Herrn, der Hühnerhund nur dem Feldhuhn angehört.

Bloß der Pudel befreundet sich mit allen Dingen, mit der Katze, dem Gegensatze, mit dem Pferde, dem Gefährten, mit dem Menschen, dem Herrn, mit dem Hause, es bewachend, mit dem Wasser, aus dessen Tiefe er gern Steine holt, mit dem Vogel des Himmels, zu welchem er hoch hinaufspringt, ihn zu fangen, mit der Kutsche und dem Wagen, indem er unter ihnen herläuft.

Doggen vertreten Wächter, Soldaten, Mörder, bannen und erdrosseln Menschen. Die Windspiele und Jagdhunde vertreten die Jäger mit angeborenen Jägerbegabungen. Wie leicht sind sie an das Horn zu gewöhnen, wie achtsam sind sie auf den Schuss und jedes Jagdzeichen! Wie verstehen sie so genau alle Stimmen und Bewegungen des Wildes; wie geschickt ist der Hühnerhund, zu lernen, wie er das gefundene Tier anzeigen, festbannen, welches Bein er erheben oder vorstrecken muss, je nachdem er dieses oder jenes erblickt. Zwar lehrt ihm schon viel die Natur, und er muss gar nicht alles vom Menschen lernen, er lehrt sich manches selbst. Aber der Pudel lehrt sich selbst noch weit mehr, an ihm ist alles Seele, er macht nichts Dummes, oder nur, wenn er selbst es will. In allen Hundearten ist mehr Trieb, in ihm mehr Verstand. Wie rast der Jagdhund der Jagd zu, wie tobt er keuchend atemlos dem Wilde nach! Wie wütet die Dogge auf den Feind los! Wie niederträchtig umrennt der Metzgerhund mit lechzender, herabhängender Zunge und falschem Auge im Halbkreise die vor ihm angstvoll trippelnden Kälber! Wie roh fällt er sie an, wenn sie auf die Seite sich verirren, wie gleichgültig ist er gegen ihren Schmerz, ja er scheint ihm noch zu gefallen! Wie stürzt der Hühnerhund auf die erlegten Vögel, hingerissen von der Wut, sie zu erdrosseln! Nichts von allem diesem Unedlen, Unwürdigen, Schimpflichen am Pudel, wenn er nicht verzogen wurde, wenn man ihn, sei es auch nur naturgemäß, seinem eigenen Genius überlassen hat. Der Pudel ist von Natur gut, jeder schlechte ist durch Menschen schlecht gemacht worden.

Was ließe sich über den Verstand des Hundes nicht alles noch sagen! Fürwahr, man darf es Zoroaster nicht verdenken, wenn er in diesem Tiere den Begriff alles tierisch Edlen und Vollkommenen vereinigt sieht. Müssen wir doch alle am Hunde unseren treuesten Freund, unseren liebsten Gesellschafter aus dem ganzen Tierreiche erblicken; sind wir doch imstande, uns mit ihm förmlich zu unterhalten.

»Ich habe Hunde gekannt«, sagt Lenz, »welche fast jedes Wort ihres Herrn zu verstehen schienen, auf seinen Befehl die Tür öffneten und verschlossen, den Stuhl, den Tisch oder die Bank herbeibrachten, ihm den Hut abnahmen oder holten, ein verstecktes Schnupftuch und dergleichen aufsuchten und brachten, den Hut eines ihnen bezeichneten Fremden unter anderen Hüten durch den Geruch hervorsuchten usw. Überhaupt ist es eine Lust, einen klugen Hund zu beobachten, wie er die Ohren und Augen wendet, wenn er den Befehl seines Herrn erwartet, wie entzückt er ist, wenn er ihm folgen darf, und wie jämmerlich dagegen sein Gesicht, wenn er zu Hause bleiben muss; wie er ferner, wenn er, vorausgelaufen und an einen Scheideweg gekommen, sich umsieht, um zu erfahren, ob er links oder rechts gehen müsse; wie glückselig er ist, wenn er einen recht klugen, wie beschämt, wenn er einen dummen Streich gemacht hat; wie er, wenn er ein Unheil angestellt hat und nicht gewiss weiß, ob sein Herr es merkt, sich hinlegt, gähnt, den Halbschlafenden und Gleichgültigen spielt, um jeden Verdacht von sich abzuwälzen, dabei aber doch von Zeit zu Zeit einen ängstlichen, ihn verratenden Blick auf seinen Herrn wirft; wie er ferner jeden Hausfreund bald kennenlernt, unter den Fremden Vornehm und Gering leicht unterscheidet, vorzüglich einen Ingrimm gegen Bettler hegt usw. Hübsch sieht sich's auch mit an, wenn ein Hund seinem Herrn zu Gefallen Trüffeln sucht, für die er doch von Natur eigentlich gar keine Liebhaberei hat; wie ein anderer seinem Herrn den Schubkarren ziehen hilft und sich umso mehr anstrengt, je mehr er sieht, dass sein Herr es tut.«

Aus diesem allen geht hervor, dass die Hundearten untereinander in eben demselben Grade geistig verschieden sind, wie sie leiblich voneinander abweichen. Unerschütterliche Treue und Anhänglichkeit an den Herrn, unbedingte Folgsamkeit und Ergebenheit, strenge Wachsamkeit, Sanftmut, Milde im Umgang, dienstfertiges und freundliches Betragen: dies sind die hervorragendsten Züge ihres geistigen Wesens.

10

Eigentümliche Sitten

Manche eigentümliche Sitten sind fast allen Arten gemein. So heulen und bellen sie den Mond an, ohne dass man dafür eigentlich einen Grund auffinden könnte. Sie rennen allem, was schnell an ihnen vorübereilt, nach, seien es Menschen, Tiere, rollende Wagen, Kugeln, Steine oder dergleichen, suchen es zu ergreifen und festzuhalten, selbst wenn sie recht wohl wissen, dass es ein durchaus unnützbarer Gegenstand für sie ist. Sie sind gegen gewisse Tiere im höchsten Grade feindlich gesinnt, ohne dass dazu ein sicherer Grund vorhanden wäre. So hassen alle Hunde die Katzen und den Igel; sie machen bei letzterem sich förmlich ein Vergnügen daraus, sich selbst zu quälen, indem sie wütend in das Stachelkleid beißen, obgleich sie wissen, dass dies erfolglos ist und ihnen höchstens blutige Nasen und Schnauzen einbringt.

11

Wetter

Beachtenswert erscheint das sehr starke Vorgefühl des Hundes bei Veränderung der Witterung. Er sucht deren Einflüssen im voraus zu begegnen, zeigt sogar dem Menschen schon durch einen widerlichen Geruch, den er ausdünstet, kommenden Regen an.

12

Menschenkenntnis

In seinem Umgange mit Menschen beweist der Hund ein Erkennungsvermögen, welches uns oft wundernehmen muss. Dass alle Hunde den Abdecker kennenlernen und mit äußerstem Hasse verfolgen, ist sicher; ebenso gewiss aber auch, dass sie augenblicklich wissen, ob ein Mensch ein Freund von ihnen ist oder nicht.

Wohl nicht zu bezweifeln dürfte sein, dass die Ausdünstung gewisser Personen ihnen besonders angenehm oder unangenehm ist; allein dies würde immer noch nichts für diesen Fall beweisen. Manche Menschen werden, sobald sie in ein Haus treten, augenblicklich mit größter Freundlichkeit von allen Hunden begrüßt, selbst wenn ihnen diese noch nicht vorgestellt worden und ganz fremd sind. Ich kenne Frauen, welche sich nirgends niederlassen können, ohne nach wenigen Minuten von sämtlichen Haushunden umlagert zu werden.

Unter sich leben die Hunde gewöhnlich nicht besonders verträglich. Wenn zwei zusammenkommen, welche sich nicht kennen, geht's erst an ein gegenseitiges Beriechen, dann fletschen beide die Zähne, und die Beißerei beginnt, falls nicht zarte Rücksichten obwalten. Umso auffallender sind Freundschaften von der größten Innigkeit, welche einzelne, gleichgeschlechtige Hunde zuweilen eingehen. Solche Freunde zanken sich nie, suchen sich gegenseitig, leisten sich Hülfe in der Not usw. Auch mit anderen Tieren werden manchmal ähnliche Bündnisse geschlossen; selbst das beliebte Sprichwort von der Zuneigung zwischen Hund und Katze kann zuschanden werden.

13

Hund in love

Der Geschlechtstrieb ist bei den Hunden sehr ausgeprägt und zeigt sich bei allen Arten als Äußerung einer heftigen Leidenschaft, als ein Rausch, welcher sie mehr oder weniger närrisch macht. Wird jener nicht befriedigt, so kann der Hund unter Umständen krank, sogar toll werden. Dabei ist der männliche Hund nicht ärger beteiligt als der weibliche, obgleich bei diesem die Sache in einem anderen Lichte sich zeigt. Die Hündin ist zweimal im Jahre läufisch, zumeist im Februar und im August, und zwar währt dieser Zustand jedesmal neun bis vierzehn Tage. Um diese Zeit versammelt sie alle männlichen Hunde der Nachbarschaft um sich, selbst solche, welche eine Viertelmeile weit von ihr entfernt wohnen. Wie diese von einer begattungslustigen Hündin Kunde bekommen, ist geradezu unbegreiflich. Man kann nicht wohl annehmen, dass sie durch den Geruch so weit geleitet würden, und gleichwohl lässt sich eine andere Erklärung ebenso wenig geben. Das Betragen beider Geschlechter unter sich ist ebenso anziehend wie abstoßend, erregt ebenso unsere Heiterkeit wie unseren Widerwillen. Der männliche Hund folgt der

Hündin auf Schritt und Tritt und wirbt mit allen möglichen Kunstgriffen um deren Zuneigung. Jede seiner Bewegungen ist gehobener, stolzer und eigentümlicher; er sucht sich mit allen ihm zu Gebote stehenden Mitteln liebenswürdig zu machen. Dahin gehören das Beschnuppern, das freundliche Anschauen, das sonderbare Aufwerfen des Kopfes, die wirklich zärtlichen Blicke, das bittende Gekläff und dergleichen.

Gegen andere Hunde zeigt er sich missgelaunt und eifersüchtig. Finden sich zwei gleich starke auf gleichem Wege, so gibt es eine tüchtige Beißerei; sind mehrere vereinigt, so geschieht dies nicht, aber nur aus dem Grunde, weil alle übrigen männlichen Hunde sofort auf ein paar Zweikämpfer losstürzen, tüchtig auf sie hineinbeißen und sie dadurch auseinandertreiben. Gegen die Hündin benehmen sich alle gleich liebenswürdig, gegen ihre Mitbewerber gleich abscheulich, und deshalb hört auch das Knurren und Kläffen, Zanken und Beißen nicht auf.

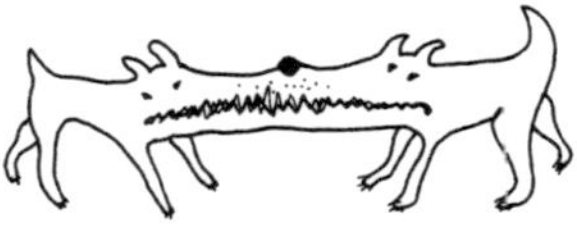

Die Hündin selbst zeigt sich äußerst spröde und beißt beständig nach den sich ihr nahenden Bewerbern, knurrt, zeigt die Zähne und ist sehr unartig, ohne jedoch dadurch die hingebenden Liebhaber zu erzürnen oder zu beleidigen. Endlich scheint sie doch mit ihnen Frieden zu schließen und gibt sich den Forderungen ihres natürlichen Triebes hin. Wie alle Säugetiere lebt sie in Vielmännigkeit und gestattet mehr als einem Hunde die Beiwohnung: es ist also unrichtig, wenn Scheitlin behauptet, dass nur unter den Menschen, diesen »Unnaturen«, hier und da ein Weib viel Männer habe.

Sobald die Laufzeit vorüber ist, sind alle Hunde, wenn auch nicht gleichgültig, so doch weit weniger für den Gegenstand ihrer so heißen Liebe eingenommen. Doch bewahren Hund und Hündin die Erinnerung an ihre erste Liebe oft mit überraschender Treue, wie schon daraus hervorgeht, dass Hündinnen noch im reiferen Alter Junge werfen, welche ihrem ersten Liebhaber täuschend ähnlich sind. Englische Hundezüchter wissen dies wohl zu verwerten und nehmen sich sorgfältig in acht, eine junge Hündin mit einem ihr an Schönheit und Tugend nicht ebenbürtigen Hunde zusammenzubringen.

Solange die Hündin säugt, scheint ihr Herz einer umfassenden Liebe fähig zu sein, deshalb duldet sie es auch, wenn man ihr fremde Hunde, ja sogar andere Tiere, wie Katzen und Kaninchen, anlegt. Ich habe letzteres oft bei Hunden versucht, jedoch bemerkt, dass säugende Katzen noch viel freundlicher gegen Pflegekinder waren als die Hundemütter, welche bei aller Herzensgüte ein Zusammenrunzeln der Nasenhaut selten unterdrücken konnten.

Junge Hunde sollen behandelt werden wie Kinder, nicht wie verstockte Sklaven. Sie sind ausnahmslos willige und gelehrige Schüler, achten sehr bald verständig auf jedes Wort ihres Erziehers und leisten aus Liebe mehr und Tüchtigeres als aus Furcht. Abrichter junger Hunde, welche ohne Stachelhalsband und Hetzpeitsche nichts ausrichten können, sind ungeschickte Peiniger, nicht aber denkende Erzieher. Was man alles aus Hunden machen kann, gehört nicht hierher oder würde uns wenigstens zu weit von unserer Aufgabe ablenken. Wer sich vom Hause aus nicht mit der Abrichtung von Tieren befasst hat, tut entschieden am besten, wenn er dies von einem darauf eingeübten verständigen Manne besorgen lässt.

14

Bewohner auf Hunden

Alle Hunde werden von Schmarotzern geplagt. Sie leiden oft entsetzlich an Flöhen und Läusen, und an gewissen Orten auch an Holzböcken oder Zecken. Erstere vertreibt man bald, wenn man unter das Strohlager des Hundes eine Schicht Asche auf den Boden streut oder das Fell des Tieres mit persischem Insektenpulver einreibt. Die Zecken, welche die Hunde am meisten peinigen, vertreibt man, indem man etwas Branntwein, Salzwasser oder Tabakssaft

auf sie träufelt. Sie gewaltsam auszureißen, ist nicht ratsam, weil sonst leicht der Kopf in der Saugwunde steckenbleibt und dort Eiterung und Geschwüre verursacht. Schwieriger ist den Bandwürmern beizukommen. Namentlich Jagdhunde leiden an diesen abscheulichen Schmarotzern, weil sie häufig das Fleisch und die Eingeweide von Hasen und Kaninchen verzehren, in denen der Bandwurm als Finne lebt. Dieser lässt sich, wie alle Würmer, nur schwer vertreiben, doch dürfte in den meisten Fällen ein Absud der abessinischen Kussoblüte dazu wohl hinreichend sein. Außerdem wird empfohlen, dem Hunde Hagebutten samt den darin befindlichen Körnern und Härchen in das Fressen zu geben.

15

Der heilende Hund

Ergötzlich ist es, was die alten Schriftsteller noch alles von der Benutzung des Hundes zu Arzneizwecken aufgeführt haben. Der ganze Hund war eigentlich nur ein Arzneimittel. Namentlich Plinius ist unermüdlich in Aufzählung der verschiedenen Heilkräfte des Hundes; außer ihm leisten Sextus, Hippokrates, Galen, Faventius, Marellus, Bontius, Äskulap und Amatos jedoch auch das ihrige. Ein lebender Hund, bei Brustschmerzen aufgelegt, tut vortreffliche Dienste; wird er aufgeschnitten und einer schwermütigen Frau auf den Kopf gebunden, so hilft er sicher gegen die Schwermut.

Mit allerlei Gewürz gekocht und gegessen, dient er als Mittel gegen fallende Sucht; doch muss es dann ein säugender Hund sein, welcher mit Wein und Myrrhen zubereitet wurde.

Ein junger Jagdhund hilft gegen Leberkrankheiten.

Die Asche vom Schädel eines gesunden Hundes vertreibt alles wilde Fleisch, heilt den Krebs, schützt gegen Wasserscheu, mildert, wenn man sie mit Wasser zu sich nimmt, Seitenstechen und Geschwülste aller Art usw.; die Asche von dem Schädel eines tollen Hundes ist gut gegen Gelbsucht und Zahnschmerz.

Hundegehirn auf Leinwand gestrichen leistet bei Beinbrüchen gute Dienste, hilft aber auch für Blödigkeit der Augen.

Der Kot gibt vortreffliche Pflaster gegen Geschwüre; er kann sogar gegen die Bräune, die Ruhr benutzt werden – doch wer wollte das alles noch zusammenzählen! Bemerkenswert ist es, dass noch heutigen Tages manche dieser Mittel in Gebrauch sind, namentlich bei den Landleuten, schade dagegen, dass sich die Homöopathie bis jetzt dieser vortrefflichen Mittel noch nicht in wünschenswerter Vollständigkeit bediente.

16

Die Rassen

Bernhardiner

Diesen Hund hat ein Dichter verherrlicht, und Tschudi führt das Gedicht in seinem Werke auch an; ich aber weiß ein noch besseres Gedicht, wenn es gleich nicht in gebundener Rede geschrieben wurde: die Beschreibung, welche Scheitlin von Barry gibt. »Der allervortrefflichste Hund, den wir kennen«, sagt er, »war nicht derjenige, welcher die Wachmannschaft der Akropolis in Korinth aufgeweckt, nicht derjenige, der als Bezerillo Hunderte der nackten Amerikaner zerrissen, nicht der Hund des Henkers, der auf den Befehl seines Herrn einen ängstlichen Reisenden zum Schutze durch den langen, finsteren Wald begleitet, nicht Drydens ›Drache‹, der, sobald sein Herr ihm winkte, auf vier Banditen stürzte, etliche erwürgte und so seinem Herrn das Leben rettete, nicht derjenige, der zu Hause anzeigte, des Müllers Kind sei in den Bach gefallen, noch der Hund in Warschau, der von der Brücke in den Strom hinabsprang und ein kleines Mädchen dem Tode in den

Wellen entriss, nicht Aubrys, der wütend den Mörder seines Herrn anpackte und im Kampfe vor dem König zerrissen hätte, nicht Benvenuto Cellinis, der die Goldschmiede, als man Juwelen stehlen wollte, sogleich aufweckte: sondern Barry, der Heilige auf dem St. Bernhard! Ja, Barry, du höchster der Hunde, du höchstes der Tiere! Du warst ein großer, sinnvoller Menschenhund mit einer warmen Seele für Unglückliche. Du hast mehr als vierzig Menschen das Leben gerettet. Du zogst mit deinem Körblein und Brot und einem Fläschlein süßer, stärkender Erquickung am Halse aus dem Kloster, in Schneegestöber und Tauwetter Tag für Tag, zu suchen Verschneite, Lawinenbedeckte, sie hervorzuscharren oder, im Falle der Unmöglichkeit, schnell nach Hause zu rennen, damit die Klosterbrüder mit dir kommen mit Schaufeln und dir graben helfen. Du warst das Gegenteil von einem Totengräber, du machtest auferstehen. Du musstest, wie ein feinfühlender Mensch, durch Mitgefühl belehren können, denn sonst hätte jenes hervorgegrabene Knäblein gewiss nicht gewagt, sich auf deinen Rücken zu setzen, damit du es in das freundliche Kloster trügest.«

Der Windhund

Hinsichtlich des geistigen Wesens unterscheidet sich der Windhund von anderen Hunden. Er ist ein im höchsten Grade selbstsüchtiges Geschöpf, hängt in der Regel nicht in besonderer Treue seinem Herrn an, sondern lässt sich von jedermann schmeicheln und neigt sich zu jedem hin, welcher ihm freundlich ist.

Gegen Liebkosungen empfänglich wie kein anderer Hund, lässt er sich ebenso leicht erzürnen und fletscht schon bei der kleinsten Neckerei die Zähne. Eitelkeit und ein gewisser Stolz ist ihm nicht abzusprechen; Zurücksetzungen verträgt er nicht.

Bei lebhafter Erregung nimmt sein Herzschlag eine kaum glaubliche Unregelmäßigkeit und Schnelligkeit an; er zittert dabei oft am ganzen Leibe. Alle diese Eigenschaften machen ihn nur bis zu einem gewissen Grade als Gesellschafter der Menschen tauglich.

Hat er einen Herrn, welcher ihm beständig schmeichelt, so befindet er sich wohl und zeigt auch eine gewisse Anhänglichkeit; seine Untreue aber macht sich bemerklich, sobald ein anderer Mensch ihm sich freundlicher zeigt als der eigene Herr. Diese Untreue ist geschichtlich. Als Eduard III. starb, zog ihm seine Buhle noch schnell einen kostbaren Ring vom Finger, und sein Windspiel verließ ihn im Augenblicke des Todes und schmiegte sich seinen Feinden an.

Wie der Windhund gegen den Menschen sich zeigt, so benimmt er sich auch gegen andere Hunde. Er liebt sie nicht, sie sind ihm sogar fast gleichgültig: kommt es aber zu einer Balgerei, so ist er sicher der erste, welcher zubeißt, und kann dann gefährlich werden. Denn trotz seiner schlanken, feinen Gestalt ist er stark, und sobald es zum Beißen kommt, benutzt er seine Größe, hält dem Gegner die Schnauze immer übers Genick, packt, sobald jener sich rührt, fest zu, sucht ihn emporzuheben und schüttelt ihn, dass ihm Hören und Sehen vergeht. Dabei handelt er so niedrig, dass er auch mit kleinen Hunden anbindet, welche andere, edel denkende Hunde stets mit einer gewissen Herablassung behandeln und wenigstens niemals beißen: es kommt häufig genug vor, dass ein Windhund kleinere Hunde in wenigen Augenblicken totschüttelt.

Ein edler Windhund frisst niemals von einem schmutzigen Teller und trinkt nie Milch, in welche jemand seine Hand getaucht hat. Seine Erzieher haben ihn so verwöhnt, dass er die beste Abwartung verlangt. Während man anderen Hunden kaum Nahrung reicht, sondern sie vielmehr zwingt, mit dem Aase und mit den Knochen sich zu nähren, welche die Windhunde verschmähen, während man sie wütend aus den Zelten stößt und vom Tische wegjagt, schläft der Windhund zur Seite seines Herrn auf Teppichen und nicht selten in einem Bette mit seinem Besitzer. Man kleidet ihn an, damit er nicht von der Kälte leidet, man belegt ihn mit Decken wie ein edles Pferd; man gibt sich Mühe, ihn zu erheitern, wenn er mürrisch ist, alles dies, weil seine Unarten, wie man sagt, ein Zeichen seines Adels sind.

Der Bulldogg oder Boxer

Man sieht ihn [...] für ein wütendes, unzugängliches und stumpfsinniges Tier an, darf ihm diese Eigenschaften jedoch nur in beschränkter Weise zuschreiben. Seinem Herrn gegenüber zeigt der Bulldogg Treue und Anhänglichkeit; doch muss er denselben vollkommen kennengelernt und erfahren haben, dass dessen geistige Kraft seine leibliche unter allen Umständen unterjochen kann; denn sonst glaubt das Tier nicht selten, das auch an den Menschen versuchen zu dürfen, was es an allen Tieren sich zuschulden kommen lässt. Ungemein bissig und herrschsüchtig, bekundet der Bulldogg eine wahre Freude, ein anderes Tier totzubeißen. Dabei muss man rühmend anerkennen, dass sein Mut noch größer ist als seine wirklich furchtbare Stärke. Er wagt sich an jedes Tier, selbst an das gefährlichste: ein wütender Ochse, ein hungriger, gefährlicher Wolf, ein Löwe erscheinen einem Bulldogg noch keineswegs als unüberwindliche Gegner: er versucht wenigstens, auf irgendwelche Art ihrer Meister zu werden.

Von der Mordlust des Tieres erzählt Lenz folgendes: »Ich bekam ein erwachsenes Bulldoggweibchen kleinster Sorte, welches ein Fuhrmann von Köln mitgebracht, das vor Hunger ganz elend aussah und nur aus Haut und Knochen zu bestehen schien. Ich bewillkommnete die am ganzen Leibe zitternde Jammergestalt und sprach ihr Trost zu, den sie auch, da er von gutem Futter begleitet war, ohne Bedenken annahm. Dann wollte ich sie in einem Stalle unterbringen, wobei ich mit ihr durch einen Raum musste, in welchem ich eine Menge Kaninchen hielt. Sobald ich hineintrat, sprang die Bestie augenblicklich mit der Wut eines Tigers auf ein großes Kaninchen und hatte es im Nu im Rachen. Im nächsten Augenblicke hatte ich das Ungeheuerchen mit der rechten Hand beim Kragen und in der Luft; mit der linken riss ich am Kaninchen, konnte es aber nur in Fetzen aus dem festgeschlossenen Maule zerren. Erst gab ich nun der schwebenden Sünderin einige tüchtige Ohrfeigen, die sie annahm, als ob sie gar nichts davon merkte, alsdann warf ich die bewussten Fetzen zur Türe hinaus und setzte mein Bulldöggchen, umso mehr an Reue und Besserung glaubend, weil es wieder zu zittern und zu beben begann, zur Erde. Sowie es diese berührte, tat es zwei Sätze und hatte wieder ein Kaninchen im Maule, dessen Knochen ich brechen hörte. Ich nahm sogleich die rückfällige Sünderin wieder beim Genicke, riss ihr die Beute weg, teilte einige Ohrfeigen aus und sorgte nun dafür, dass der Kaninchenstall verschlossen blieb.«

So geistesarm, als man gewöhnlich glaubt, sind sie nicht; es gibt im Gegenteile einzelne, welche an Verstand fast mit dem Pudel wetteifern. Ich kannte einen solchen Hund, welcher durch seine Verständigkeit viel Vergnügen bereitete. Er war auf alles mögliche abgerichtet und verstand, sozusagen, jedes Wort. Sein Herr konnte ihn nach mancherlei Dingen aussenden, er brachte sie gewiss. Sagte er: »Geh, hole eine Kutsche!«, so lief er auf den Warteplatz der Lohnfuhrwerke, sprang in einen Wagen hinein und bellte so lange, bis der Kutscher Anstalt machte fortzufahren; fuhr er nicht richtig, so begann der Hund von neuem zu bellen, lief auch wohl vor dem Wagen her bis vor die Türe seines Herrn. Derselbe Hund trank bayerisches Bier leidenschaftlich gern und unterschied es von anderen Biersorten mit untrüglicher Sicherheit.

Boxer

Ein anderer Boxer, welchen ich neuerdings kennenlernte, ist nicht allein der Liebling seines Herrn, sondern auch das Schoßtier der Herrin, welcher er mit unwandelbarer Treue anhängt, und ebenso ein geliebter und liebender Freund der Pferde seines Gebieters. Scheinbar unerschütterlich ernst, liebt er doch Spiel und Scherz außerordentlich, geht auf Neckereien harmlos ein und wird nur durch die Plumpheit seiner Späße zuweilen beschwerlich. Er bewacht das ihm anvertraute Gut mit Eifer und Gewissenhaftigkeit, geht bei Tage ungemein gern mit dem Herrn aus, lässt sich des Nachts aber unter keiner Bedingung von seinem Posten, als Beschützer der Herrin, weglocken, ist kleiner Kinder zärtlicher Spielkamerad, trägt auf Befehl dem befreundeten Pferde Zwieback oder Zucker zu und bekundet überhaupt eine Menge guter Eigenschaften. Hieraus geht für mich unwiderlegbar hervor, dass das Wesen auch dieses so ingrimmig erscheinenden Hundes ein gutartiges und dass es die Erziehung ist, welche ihn zu einem vortrefflichen wie zu einem gefährlichen Genossen des Menschen machen kann.

Mops

Früher sehr verbreitet, ist der Mops gegenwärtig fast ausgestorben, zum Beweise dafür, dass Rassen entstehen und vergehen. Heutzutage soll das Tier besonders in Russland noch in ziemlicher Anzahl vorkommen; in Deutschland wird es nur hier und da gezüchtet und dürfte schwerlich wieder zu allgemeinem Ansehen gelangen; denn auch hinsichtlich dieses Hundes hat sich der Geschmack gebessert.

Der Mops war der echte Altejungferhund und ein treues Spiegelbild solcher Frauenzimmer, bei denen die Bezeichnung »Alte Jungfer« als Schmähwort gilt, launenhaft, unartig, verzärtelt und verhätschelt im höchsten Grade, jedem vernünftigen Menschen ein Greuel. Die Welt wird also nichts verlieren, wenn dieses abscheuliche Tier samt seiner Nachkommenschaft den Weg alles Fleisches geht.

Der Dackel

Alle Dächsel haben eine sehr feine Spürnase und ein außerordentlich feines Gehör, Mut und Verstand im hohen Grade, Tapferkeit und Ausdauer und können daher zu jeder Jagd gebraucht werden, gehen selbst auf Schweine tolldreist los und wissen sich auch prächtig vor dem wütenden Eber zu schützen, welcher sie ihres niederen Baues halber ohnehin nicht so leicht fassen kann wie einen größeren Hund. Sie sind klug, gelehrig, treu, munter und angenehm, wachsam und von Fremden schwer zu Freunden zu gewinnen, leider aber auch listig und diebisch, im Alter ernst, mürrisch, bissig und oft tückisch: sie knurren und fletschen die Zähne sogar gegen ihren eigenen Herrn. Gegen andere Hunde äußerst zänkisch und kampflustig, streiten sie fast mit jedem, welcher sich ihnen naht, selbst mit den größten Hunden, welche ihnen eine offenbare Niederlage in Aussicht stellen. Bei solchen Beißereien mit großen Hunden bekunden sie eine wahrhaft niederträchtige List; denn sobald der Gegner es versucht, sich zu verteidigen, werfen sie sich auf den Rücken und versuchen ihn in die empfindlichsten Teile des Unterleibes zu beißen, um ihn hierdurch zu verscheuchen oder zu zwingen, von fernerem Kampfe abzustehen.

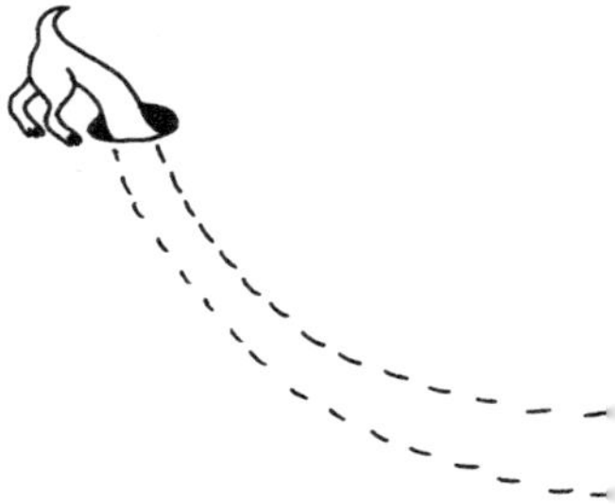

Mit gespanntester Aufmerksamkeit lauscht man auf den Gang des Treibens, auf den ersten Schuss; mit wahrem Vergnügen folgt man mit Ohr und Auge den wackeren krummbeinigen Gehülfen, welche jeden Busch, jede Hecke durchstöbern und zehnmal eine Strecke durchsuchen, um ja nichts zu übersehen. Und wenn die Dächsel vollends, wie hier die Regel, nach beendetem Treiben zu ihren Führern zurückkehren und sich fesseln lassen, vergibt man ihnen gern alle Unarten, das Anschneiden des von ihnen abgefangenen, verwundeten oder aufgefundenen verendeten Wildes, das wütende Zerzausen des wertvollen Fuchspelzes, das streckenweise Überjagen, ihre Streitlust, Zanksucht, ihre Missgunst und ihren Neid auf andere Hunde und sonstige unliebsame Eigenschaften mehr. Beruhen diese ja doch zum größten Teile auf unbändigem Jagdeifer, kaum oder nicht zu zügelnder Weidlust.

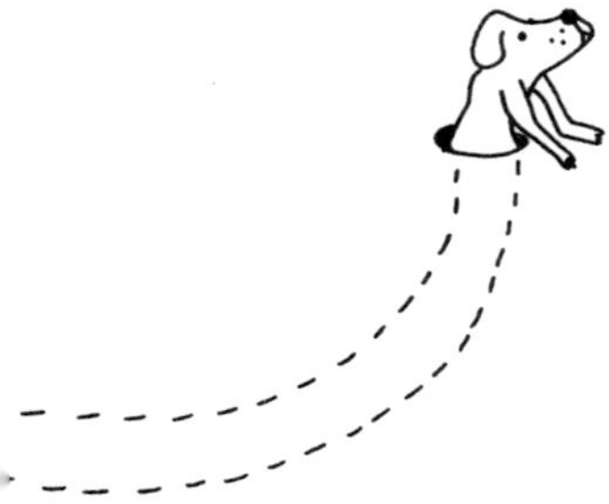

Wie neidisch Dachshunde sein können, erfuhr ich an einem, welchen mein Vater besaß. Der Hund war ein abgesagter Feind aller übrigen Geschöpfe, welche sich auf unserem Hofe befanden. Er lebte mit keinem Tiere in Frieden, und am meisten stritt er sich mit einem Pinscher herum, dessen erbärmliche Feigheit ihm freilich regelmäßig den Sieg sicherte. Nur wenn sich beide Hunde ineinander verbissen hatten, hielt auch der Pinscher ihm stand, und dann kam es vor, dass sie, förmlich zu einem Knäuel geballt, nicht bloß über die Treppen, sondern auch von da über eine Mauer hinabrollten, sich über die Gartenbeete fortwälzten und nun in Purzelbäumen den ganzen Berg hinunterkollerten, aber doch ihren Kampf nicht eher einstellten, als bis sie im günstigeren Falle von dem Zaune aufgehalten, im ungünstigeren Falle aber durch das Wasser des Baches, in welchen sie oft miteinander fielen, abgekühlt wurden. Dieser Todfeind sollte einmal die Arznei für den erkrankten Dächsel

werden. Letzterer lag elend da und hatte schon seit Tagen jede Nahrung verschmäht. Vergeblich waren die bisher angewandten Hausmittel geblieben: Der Hund näherte sich, so schien es, schnell seinem Ende. Im Hause herrschte, trotz des Gedenkens an seine vielen unliebenswürdigen Eigenschaften, tiefe Betrübnis, und namentlich meine Mutter sah seinem Hinscheiden mit Kummer entgegen. Endlich kam sie auf den Gedanken, noch einen Versuch zu machen. Sie brachte einen Teller voll des leckersten Fressens vor das Lager des Kranken. Er erhob sich, sah mit Wehmut auf die saftigen Hühnerknochen, auf die Fleischstückchen: aber er war zu schwach, zu krank, als dass er sie hätte fressen können. Da brachte meine Mutter den anderen Hund herbei und gebot diesem, den Teller zu leeren. Augenblicklich erhob sich der Kranke, wankte taumelnd hin und her, richtete sich fester und gerader auf, bekam gleichsam neues Leben und – stürzte sich wie unsinnig auf den Pinscher los, knurrte, bellte, schäumte vor Wut, biss sich in seinem Feinde fest, wurde von dem tüchtig abgeschüttelt, blutig gebissen und jedenfalls so erregt, erzürnt und erschüttert, dass er anfangs zwar wie tot zusammenbrach, allein von Stunde an sich besserte und nach kurzer Zeit von seinem Fieber genas.

Neufundländerhund

Man darf dreist das kleinste Kind seiner Wachsamkeit und Treue anvertrauen, weil man sicher ist, dass dem Kinde, solange der Hund sich bei ihm befindet, nicht das geringste zuleide geschieht. Die Beispiele, in denen er sich bei diesen Geschäften bewährt hat, sind nicht zu zählen. Sobald er einen Menschen im Wasser in Gefahr sieht, stürzt er sich augenblicklich in das ihm befreundete Element, eilt zu jenem hin, schiebt ihm die Schnauze unter die Achsel und hebt ihn mit derselben über den Wasserspiegel empor. Auch halberfrorene Leute hat er mehrmals vor dem sicheren Tode bewahrt, indem er ganz nach Weise der Bernhardinerhunde handelte. Das Land wittert er von Schiffen aus in großer Entfernung, zuweilen auf mehr als zehn englische Meilen, und gibt dies durch Bellen zu erkennen. Zu diesen vortrefflichen Eigenschaften kommt noch seine große Gutmütigkeit und Sanftheit sowie die unauslöschliche Dankbarkeit für empfangene Wohltaten – ebenso bewahrt er freilich auch erlittene Unbill und Strafe in seinem Gedächtnisse auf und wird Leuten, welche ihn mit Absicht quälen, manchmal gefährlich.

»Treffen sie auf eine Lawine, so untersuchen sie, ob sie nicht die Spur eines Menschen entdecken, und wenn ihre feine Witterung ihnen davon Gewissheit gibt, machen sie sich sofort daran, den Verschütteten freizuscharren, wobei ihnen die starken Klauen und die große Körperkraft wohl zustatten kommen. Gewöhnlich führen sie am Halse ein Körbchen mit Stärkungsmitteln oder ein Fläschchen mit Wein, oft auf dem Rücken wollene Decken mit sich. Die Anzahl der durch diese klugen Hunde Geretteten ist sehr groß und in den Geschichtsbüchern des Hospizes gewissenhaft verzeichnet. Der berühmteste Hund der Rasse war Barry, das unermüdlich tätige Tier, welches in seinem Leben mehr als vierzig Menschen das Leben rettete.«

Pudel

In den Worten Scheitlins, eines seiner wärmsten Verehrer, ist »[d]er Pudel [...] unter allen Hunden am besten gebaut. Er hat die schönste Kopfform, den wohlgebildetsten Leib, die schönste Gestalt, eine volle, breite Brust, wohlgebaute Beine, ist nicht hoch und nicht niedrig, nicht lang und nicht kurz und stellt sich am würdigsten dar. Schon körperlich ist er zu allen Künsten vorzugsweise geeignet. Tanzen kann er von selbst lernen; denn seine halbmenschliche Natur treibt ihn, sich an seinem Herrn aufzurichten, auf zwei Beine zu stellen und aufrecht zu gehen.«

Der Ortssinn ist im Pudel ausgezeichnet, er findet den Weg nach Hause Stunden und Tage weit her. Er läuft in der Stadt oder auf dem Lande willkürlich herum und besucht, mit der Gewissheit zu finden, irgendein Haus, in welchem er mit seinem Herrn, sei es auch nur einmal, gewesen, in welchem ihm wohlgetan worden ist. Deshalb kann er abgerichtet werden, Brot beim Bäcker, Fleisch in der Fleischerei zu holen. Sein Zeitsinn ist merkwürdig; er merkt an den Tagen, dass der Sonntag kommt; er kennt, wie der hungerige Mensch, die Mittagsstunde und die Schlachttage im Schlachthause.

Doch bedarf er auch dazu Geduld, Gutmütigkeit und Folgsamkeit. Er kann wirklich trommeln, Pistolen losschießen, an Leitern hinaufklettern, frei mit einer Schar Hunde eine Anhöhe, die von anderen Hunden verteidigt wird, erstürmen und mit Kameraden eine Komödie spielen lernen. Wir wissen, dass man auch Pferden und Elefanten (aber bloß diesen!) ähnliches und gleiches lehren kann.

Zwei Dinge kommen noch dazu: des Pudels Nachahmungssucht und sein Ehrgefühl, d. h. seine Eitelkeit. Immer schaut er seinen Herrn an, immer schaut er, was er tut, immer will er ihm zu Diensten stehen. Er ist der rechte Augendiener; er denkt, wie ein Kind vom Vater, was dieser tut, sei recht, er müsse oder dürfe es ebenfalls tun. Nimmt der Herr eine Kegelkugel, so nimmt er zwischen seine Pfoten auch eine, will sie anbeißen und plagt sich, wenn es ihm nicht gelingen will. Sucht jener Steine behufs wissenschaftlicher Behandlung, so sucht auch der Pudel Steine.

Gräbt der Herr irgendwo, so fängt auch der Pudel mit den Pfoten zu graben an. Sitzt jener im Fenster, so springt auch dieser auf die Bank neben ihn, legt beide Tatzen aufs Gesimse und guckt ebenfalls in die schöne Aussicht hinaus.

Er will auch einen Stock oder Korb tragen, weil er den Herrn oder die Köchin einen tragen sieht. Er trägt ihn sorgfältig, stellt ihn vor die Leute hin, geht von einer Person zur anderen, um zu zeigen, wie geschickt er sei, und wedelt mit dem Schwanze selbstgefällig. Während des Tragens bekümmert er sich gar nicht um andere Hunde; er scheint sie als Taugenichtse zu verachten, sie aber scheinen ihn zu achten.

Artig zu sehen ist auch, wenn er ausgehen will und nicht soll, seinen Herrn überlisten will, wie er ihn zu überschleichen sucht, tut, als wenn er nicht fortwolle, wenn man ihn nicht anschaut, plötzlich den Reißaus nimmt oder mit füchsischer, überhündischer List an der Wand ein Bein aufhebt, als ob er pissen müsse, damit man ihn hinausjage, und wenn man ihn hinausjagt, augenblicklich, ohne zu pissen, zum Schlachthause oder zu einer von seinen Buhlen läuft, wenn man ihm aber nicht glaubt, endlich alle Hoffnung, entwischen zu können, aufgibt, mit vollkommener Entsagung sich unter den Tisch legt und das Pissen lässt und vergisst. Er hat vollkommen wie ein Mensch gelogen.

Doch was ließe sich nicht über den Pudel noch alles sagen! Man könnte über ihn allein ein ganzes Buch schreiben!

Pinscher

Die geistigen Fähigkeiten aller Pinscher sind sehr beachtenswert. Sie zeigen einen hohen Verstand, viel Selbstüberlegung und Geschicklichkeit, sich in alle Lagen möglichst gut zu finden. Man kennt Beispiele, dass solche Hunde den Wert des Geldes zu würdigen und sich daher Münzen zu verschaffen wussten, um dafür Esswaren zu kaufen. Ein Hund mit Namen Peter stahl kleine Geldmünzen, wo er sie nur finden konnte, und lief damit zum Bäcker hin, um sich dort Gebäck zu kaufen. Als ihm einmal der Bäcker, dessen eifriger Kunde er war, einen angebrannten Zwieback hinlegte, verließ er ihn im Augenblick und besuchte fortan einen auf der anderen Seite der Straße, welcher seinen neuen Kunden nach Verdienst ehrte.

Spitz

Weder im Gehöfte noch auf dem Wagen kann er in Ruhe bleiben. Dort lockt ihn jeder Vorübergehende an die Straßentüre, jedes ängstlich gackernde Huhn in den Hintergarten; hier setzt er mit geschickten Sprüngen von der Ladung auf den Bock, vom Bocke auf den Rücken des Pferdes oder aber herab auf die Straße und von dieser wieder auf den Wagen. Wie der Schäferhund liebt er Haustiere ganz ungemein, am meisten aber doch die Pferde, mit denen er sich förmlich verbrüdert; wie seinem Verwandten geht ihm das Wohl und Wehe seiner Pflegebefohlenen, unter welche er selbst das Federvieh rechnet, sehr zu Herzen: aber während jener seine Arbeit still und gemessen verrichtet, tobt er ununterbrochen im Hause und Hofe umher, und sein beständiges Gebell gewinnt den Anschein des Keifens eines ewig schlechtgelaunten Wesens. Und doch ist er keineswegs übermütig, sondern nur eifrig und über die Maßen geschäftig.

17

Spiegelbild seines Herrn

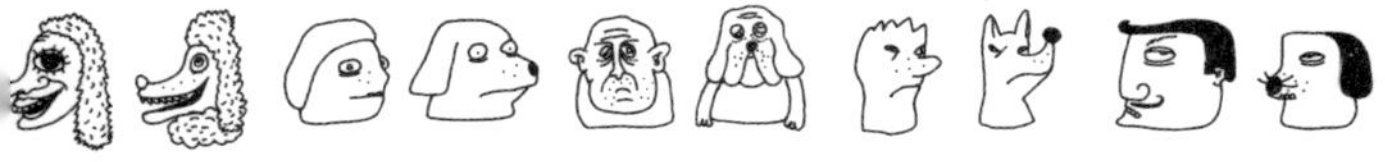

Der Hund ist ein treues Spiegelbild seines Herrn: je freundlicher, liebreicher, aufmerksamer man ihn behandelt, je besser, reinlicher man ihn hält, je mehr und je verständiger man sich mit ihm beschäftigt, umso verständiger und ausgezeichneter wird er, und genau das Gegenteil geschieht, wenn umgekehrt seine Behandlung eine schlechte war. Der Bauernhund ist ein roher, plumper, aber ehrlicher Gesell, der Schäferhund ein verständiger Hirt, der Jagdhund ein vortrefflicher Jäger, welcher die Kunst der Jagd selbst auf eigene Faust betreibt, der Hund eines vornehmen Nichtstuers ein üppiger Faulenzer und eigentlich weit ungezogener als der rohe, ungebildete des Bauern. Jeder Hund nimmt den Ton des Hauses an, in welchem er lebt, ist verständig, wenn er bei vernünftigen Leuten wohnt, wird zum hochmütigen Narren, wenn sein Herr durch Stolz die Hohlheit seines Kopfes ausfüllen muss, beträgt sich freundlich gegen jedermann, wenn es in seinem Hause gesellig hergeht, oder ist ein grämlicher Einsiedler, wenn er bei einem alten Junggesellen, bei einer älteren Jungfrau wohnt, welche wenig Zuspruch hat.

In seinem Gehorsam, mit welchem er alle Befehle seines Gebieters ausführt, in der Bereitwilligkeit, mit welcher er sich den schwersten Arbeiten unterzieht, sich in Lebensgefahr begibt, kurz, in dem beständigen Bestreben, dem Herrn unter allen Umständen zu nützen und zu dienen: darin liegt sein Ruhm, seine Größe. Wenn man ihn Speichellecker und Schwanzwedler schimpft, vergesse man nicht, dass der Hund sich dieser Kriecherei und Erniedrigung nur seinem Herrn und Wohltäter gegenüber schuldig macht; gegen diesen wedelnd und kriechend, weist er sofort dem eintretenden Fremden die Zähne und ist sich jeden Augenblick seiner Stellung bewusst.

Die Illustratorin

Juliane Pieper nutzt ihre linke Hand als freiberufliche Illustratorin, Künstlerin und Grafikerin.

Die Zeichnerin mag Hunde sehr. Sie sollten allerdings behaart sein, Humor haben, ein sonores Bellen mitbringen und eine Höhe über 20 cm aufweisen, damit sie nicht aus Versehen drauftritt, denn die Autorin ist langbeinig und kurzsichtig. Sie würde niemals Hund essen, ihr Pferdegulasch allerdings ist ein Gedicht.

Sie hatte selbst nie einen eigenen Hund, aber lange Jahre einen bellenden Wellensittich.

Juliane Pieper lebt in Berlin und New York. Ihre Arbeiten erscheinen in Zeitungen, Magazinen und Verlagen.

Die Textauszüge

entstammen allesamt dem wunderbaren Werk von Alfred Edmund Brehm (1829–1884):

Brehms Thierleben. Große Ausgabe. Abt. 1: Säugethiere. Bd. 1: Affen und Halbaffen, Flatterthiere, Raubthiere. Zweite Reihe: Krallenthiere. Vierte Ordnung: Raubthiere. Zweite Familie: Hunde (Canidae). 6. Sippe: Haushunde (Canis familiaris). Leipzig: Bibliographisches Institut, [2]1876. S. 559–655.

Orthographie und Schreibung wurden behutsam modernisiert.